LE
POËTE AU CALVAIRE,

POËME EN SIX PARTIES,

PAR

Adolphe **DARDENNE**, d'Encausse.

2e PARTIE.

A Paris,

CHEZ L. DANIEL, ÉDITEUR,

1, RUE BOURBON-LE-CHATEAU,

Chargé de recevoir les souscriptions.

1840.

2me Partie.

1840.

DIVISION DU POËME.

1re *Partie*, Prologue.
2e — Bethléem.
3e — Les Noces de Cana.
4e — L'Entrée a Jérusalem.
5e — Le Jardin des Olives.
6e — Le Calvaire.

CONDITIONS DE LA SOUSCRIPTION.

Pour Paris et les Départemens, 2 fr. la livraison.

Poëme complet, 15 fr.

Bethléem.

Ils étaient loin ces jours de splendeurs et de fêtes,

Où répandant des fleurs sous les pas des prophètes,

Israël attentif aux célestes avis,

Du tabernacle saint inondait le parvis ;

Où sa voix, du seigneur, célébrant les louanges,

Mêlait des chants d'amour aux cantiques des anges.

(C.)

Dieu se voilait la face ; Israël oublié

Dans la poudre inclinait son front humilié ;

Et l'aigle des Césars, à l'œil plein d'étincelles,

Couvrait le monde entier de ses deux grandes aîles.

Dieu cependant qui seul lit dans son livre d'or,

Des mystères sacrés conservait le trésor,

Son doigt avait marqué dans les choses prédites

Les élus à venir et les villes maudites,

Jusqu'au jour où le Christ viendrait dans sa bonté

De la nature en deuil laver l'iniquité,

Or à l'instant marqué de l'ère du Messie,

Dieu, souffle inspirateur de toute prophétie ;

Contemplait le néant des mondes à ses pieds,

Dans des temples de marbre, il voit sur les trépieds

Pétiller grain à grain l'encens de l'idolâtre.

Petits acteurs perdus dans un vaste théâtre,

Il dédaigne ces dieux faits d'argile et de bois ;

Devant le Guy sacré s'incline le Gaulois,

Et mesurant le ciel et secouant sa poudre,

Il lutte avec l'orage et sourit à la foudre.

Là plus sage en sa foi, satisfait du présent,

Et dans l'œuvre du maître adorant l'artisan ;

Le peuple aux bords aimés du Gange tributaire

Rend hommage au Soleil qui féconde la terre.

Mais quels qu'en soient le culte et les traditions,

Dieu n'a pas fait son choix parmi ces nations.

Vainement son regard, en de tristes arènes,

Va des peuples aux rois, des vestales aux reines ;

Au fond des cœurs à nu, devant la vérité,

Ces mots sont seuls écrits : orgueil et vanité !

Il voit si par hasard, en sa beauté dernière,

Il n'est pas quelque perle au bord de cette ornière ?

Mais n'y découvrant rien, soit opales, soit fleurs,

Il détourne la tête et va chercher ailleurs.

Dans Nazareth alors, de son époux chérie,

Une femme vivait qu'on appélait Marie :

Toute entière à l'amour dont son cœur eut fait choix,

Elle avait du seigneur suivi les saintes lois,

Et n'ayant rien perdu de sa première essence,

Épouse et vierge encor vécu dans l'innocence.

C'est vers elle que Dieu, pour nous absoudre enfin,

Envoya de sa cour le plus beau séraphin :

L'archange Gabriel éclatant de lumière,

Qui la trouva plongée en sa douce prière,

Marie aux pieds de l'ange, aimé du tout puissant,

Baissait son œil timide et son front rougissant :

« Femme, dit Gabriel, sainte, je te salue,

» Vierge pleine de grâce entre toutes élue,

» Par ma voix Dieu te parle, et de ton sein béni

» Doit naître un fils sauveur du monde rajeuni ;

» Mais pour conserver purs et ton front et ta bouche,

» L'esprit saint du Très-Haut descendra sur ta couche,

» Et nuls baisers humains, vierge, ne flétriront

» La blancheur de ton âme et les lys de ton front. »

Et Marie interdite et de larmes mouillée

Devant le chérubin restait agenouillée,

Honteuse de plaisir, tremblante de pudeur,

Elle répond tout bas : « Béni soit le Seigneur !

» Adorer son saint nom est ma plus grande fête,

» S'il a fait choix de moi, sa volonté soit faite !

» Que son regard me guide en mon humilité,

» Et que je meure après de ma félicité. »

L'ange écoute et sourit, puis déployant son aîle,

Il reprend son essor vers la voûte éternelle,

Franchit l'espace immense, et radieux héraut,

Porté par le zéphir, vient auprès du Très-Haut ;

Et sur sa lyre d'or, modulant un cantique,

Raconte son message en un chant séraphique.

Gage prédestiné d'espérance et d'amour...

Enfin à Bethléem sainte depuis ce jour,

Dans ses langes drapé, sur de la paille fraîche,

Un enfant nouveau né dormait dans une crèche.

Pour la vierge au cœur pur dont le sein l'allaitait,

Pas un lit! ni pour lui si faible qu'il était.

La souffrance déjà dans cette vie amère!

Mais que dis-je? est-ce rien que l'amour d'une mère

Qui, de ses doux baisers couvrant un front chéri,

Des premières douleurs berce le premier cri.

Soudain la foudre parle au-delà de la nue,

L'horizon s'éclaircit avant l'aube venue,

Non pas de notre jour froid et capricieux,

Mais dans tout son éclat, l'astre inconnu des cieux,

Versant aux champs de l'air sa lumière féconde,

D'un reflet gigantesque illumina le monde.

La nature s'émut: des hautes régions

Les anges descendaient pressés par légions;

Orchestre aux chants pieux, la cohorte infinie

Soupira dans l'espace une douce harmonie.

La terre avec amour s'éveilla, des bergers,

Non loin de leur troupeau, couchés dans les vergers,

Esprits faibles, naïfs, ignorant les miracles,

Regardaient étonnés ces lumineux spectacles.

L'ange Ariel alors, en étendant la main,

» Suivez-moi, leur dit-il, voici votre chemin. »

Il les guide à travers une étrange féerie,

Vers la crèche où dormait l'enfant né de Marie;

Puis de leurs yeux voilés arrachant le bandeau,

Il s'incline avec eux près du sacré berceau,

Et tous en saluant la lumière imprévue,

Votent en cœur un hymne au Dieu qui rend la vue;

L'ange, mêlant sa voix au son des chalumeaux,

Parla pour les bergers et prononça ces mots :

» Gloire à Dieu, créateur de la terre et des ondes !

» Gloire à Dieu dont la main fait et défait les mondes !

» A Dieu qui nous apprend d'éclatantes leçons.

» Gloire à toi, noble enfant, né parmi les merveilles,

» Nous t'offrons à genoux les fruits de nos corbeilles

» Et les épis de nos moissons. »

» Si faible qu'elle soit, accepte notre offrande,

» Plus l'autel est petit, plus la ferveur est grande,

» Qu'importe un vase d'or pourvu qu'on ait des fleurs !

» La foi jette sur nous son rayon tutélaire,

» Et nous t'avons dressé, comme en un sanctuaire,

» Une arche sainte dans nos cœurs.

» De faux prêtres, tremblant pour leurs pâles idôles,

» Couvriront vainement l'écho de tes paroles ;

» Le vent emportera leur bruyante clameur,

» Quand les rois s'en iront mendiant des aumônes,

» L'univers te verra sur les débris des trônes

    » Dressé de toute ta hauteur !

» C'est qu'il n'est pas de borne où ta puissance expire!

» C'est que pour toi le monde est un étroit empire !

» Il faut à ton éclat un plus vaste horizon ;

» Mais si haut que tu sois dans des flots de lumière,

Pour aller jusqu'à toi le cœur a la prière

    » Et l'âme n'a pas de prison. »

Le chant avait cessé. Marie heureuse et fière

Baisa l'enfant divin qui sourit à sa mère,

Et le cœur tout rempli d'une pieuse ardeur,

Chacun se retira bénissant le Seigneur.

Ainsi mu par Dieu seul, par le Dieu de clémence,

Le peuple avait du Christ adoré la naissance,

Ce n'était pas assez ! l'Éternel veut encor

Courber les fronts royaux sous leurs couronnes d'or.

Il veut ; et son pouvoir enfante les hommages.

Du fond de l'Orient on vit partir des Mages

Qui, cherchant l'avenir, avaient vu dans les cieux

L'étoile du Messie apparaître à leurs yeux ;

Et pénétrés soudain d'un respect légitime,

Ils allaient adorer son aurore sublime.

Alors mystère saint et prodige nouveau !

Pour conduire leurs pas vers le divin berceau,

L'étoile radieuse, en sillonnant la voûte,

Glissa vers l'Occident et leur montra la route.

Dans la brume ou l'azur, et les nuits et les jours,

Comme un phare mobile elle brilla toujours.

Pélerins préparés à toutes les épreuves,

Ils franchirent ainsi les déserts et les fleuves;

S'inclinèrent de loin devant Persépolis,

Qu'un long manteau de deuil recouvrait de ses plis.

L'étoile poursuivait sa marche triomphale.

Suze est laissée à droite, et la cité royale,

Vieil état de Nemrod et de Sémiramis,

Offre en vain ses palais et ses jardins amis,

Dans le même sillon l'étoile marche encore,

Et plus loin et toujours.... Vers la dixième aurore,

Aux frontières de Gad signalant Israël,

On vit avec éclat resplendir dans le ciel

L'étoile souriant au rivage qu'elle aime.

Bientôt ayant franchi le fleuve du baptême,

Sa flamme un seul instant pâlit à Golgotha,

Mais Bethléem parut.... l'étoile s'arrêta.

Les Mages entraient donc dans la sainte patrie ;

La foule les guida vers le fils de Marie.

Ce fut un beau spectacle ! étranges courtisans,

Des rois à son autel apportaient des présens ;

Et du martyr futur honorant la bannière,

Ils étaient à genoux le front dans la poussière,

Humiliant ainsi, du cœur et de la voix,

Devant celle de Dieu la majesté des rois.

L'enfant prédestiné reçut par un sourire

Dans les patères d'or l'aloès et la myrrhe,

Et jusqu'au jour prochain de pardon et d'oubli,

Le ciel se referma.... l'œuvre était accompli.

Alors on vit dans l'air une forme indécise

Se dresser comme une ombre, et la voix de Moïse,

Passant sur le berceau, jetta comme un adieu,

« Jésus né d'une femme avec l'esprit de Dieu. »

BELLEVILLE. — Imprimerie du GROUPE, rue de Paris, 20.